HENRY KARDEL

NARBEN AM HIMMEL

Bibliografische Information der Deutschen Nationalbibliothek:
Die Deutsche Nationalbibliothek verzeichnet diese Publikation
in der Deutschen Nationalbibliografie; detaillierte bibliografische
Daten sind im Internet über dnb.dnb.de abrufbar.

© 2019 Henry Kardel
Herstellung und Verlag: BoD – Books on Demand, Norderstedt
Cover: Adrian Sava

ISBN: 978-3-735-77868-0

PROLOG

Auszug aus Jacob Evans Essay »*Das gallische Liverpool: Letzte Bastion der Resilienz?*«, erschienen in der Mai-Ausgabe der »*Liverpost*«:

»*Der Zweck heiligt gar nichts*«, *sagte Bürgermeister Thompson Anfang des Jahres und beschrieb die besorgniserregende, politische Entwicklung außerhalb der Föderation, die sich durch die gewaltsame Unterdrückung der Studentenstreiks in den letzten Wochen noch einmal zuspitzte. Für diesen Satz erntete er anhaltenden Applaus. Jeder Liverpudlian schien sich damit identifizieren zu können, ja, die Solidarisierung war überbordend groß. Die Führung des ehemaligen Königreichs hatte sich im Januar dazu entschieden, uns langsam am ausgestreckten Arm verhungern zu lassen. Die Not soll uns seitdem aufgeben lassen. Doch mit der Not haben sich die entschlossenen Liverpudlians arrangiert. Sie haben sich vom bleiernden Materialismus verabschiedet. Liverpool ist zur Enklave des Geistes geworden, in der nicht die Armut, sondern viel mehr intellektuelle Obdachlosigkeit belächelt und der Reichtum bemitleidet wird, in dem das ehemalige Königreich zu schwimmen meint. Eine Stadt wie diese, die sich nun in einem Käfig dem freien Leben zugewandt hat, verdient Beachtung. Wahrlich noch mehr bei Betrachtung des Umstandes, dass Liverpools Reichtum auf den Säulen des Sklavenhandels erbaut wurde. Der Liverpudlian, der sich durch sein gemäßigtes Leben in Einfachheit für die Menschenwürde ausspricht, wäscht die Blutspuren seiner Väter, Großväter, Urgroßväter und die Blutspuren deren Väter von den Backsteinwänden der Albert Docks.*

Diesen Spätsommer jährt sich die Unabhängigkeit der »Federation of Liverpool & The Wirral Peninsula« zum zweiten Mal. Es ist Zeit für eine Inventur: Die Bevölkerung Liverpools ist von einer halben Million Einwohner auf gut 300.000 geschrumpft. Tausende sind vor dem Wandel geflohen, andere haben ihn nicht überstanden. Geblieben sind vor allem die hartnäckigsten Idealisten. Wenn man die Wirral-Halbinsel hinzu zählt, leben nun etwa 345.000 Menschen auf 227 Quadratkilometern. Das Alter der Liverpudlians ist bezeichnend niedrig: Der Durchschnittsbewohner bringt es auf 35 Jahre.

Bemerkenswerter finde ich jedoch Liverpools innere, geistige Entwicklung. Nicht zuletzt durch das niedrige Alter ist die Merseystadt zu einer dynamischen, widerständigen Kultur gelangt. Die Zahl der unabhängigen Theater hat sich in den letzten zwei Jahren fast verdoppelt, besonders im Cavern-Quarter ist die Dichte an Bühnen explodiert. Der Duft von freiheitlichen Gedanken auf den Straßen der Stadt ist klar zu erahnen, sobald sich die Sonne in der irischen See versenkt und die Lichtspielhäuser ihre Türen öffnen. Die Geisteshaltung der Föderation beruft sich dabei vor allem auf große Denker der Widerstandskultur: Hannah Arendt, Jean-Jacques Rousseau, Albert Camus, Noam Chomsky. Aber auch Philosophen wie Epikur und politische Philosophen wie John Locke erfreuen sich wieder wachsender Popularität. Diskutiert wird über sie an jedem Tresen, auf jeder Parkbank, von allen Generationen. Oft jedoch mit leerem Magen, denn nicht alle Liverpudlians haben das Privileg, satt ins Bett zu gehen, womit wir bei den hand-festen Problemen angelangt sind. Besonders in der urbanen Peripherie und in den ländlichen Gebieten der Wirral-Halbinsel nimmt die prekäre Versorgungslage teilweise dramatische Züge an. Es sind auch die irischen Supply-Schiffe, von denen im Schnitt jedes dritte abgefangen wird, die die Einwohner der Stadt regelmäßig hungern lassen.

Doch es gibt auch Hoffnung: Die Sauberkeit der Straßen – sprich, das altbekannte Hygieneproblem – konnte glücklicher-weise durch den Reinigungs-Erlass in den Griff bekommen werden, der die Reinigungsaufgaben durch ein Rotationssystem unter jeglichen Bewohnern aufgeteilt hat. Man hört immer wieder, dass durch die ausgelosten Reinigungsgrüppchen neue Freundschaften entstehen. Eine andere Notlösung, aus der buchstäblich soziale Nähe erwachsen ist, ist das Urban Gardening, das den Hunger der Bewohner lindern soll, da die landwirtschaftliche Fläche der Föderation bekanntlich mehr als begrenzt ist. Mittlerweile müssen es mehrere Hektar sein, die auf den Dächern Liverpools für den Anbau diverser Pflanzen nutzbar gemacht wurden. Die Piloten der Wachjets des ehemaligen Königreichs mögen auf uns herab sehen, aber sie sehen immerhin auf viel Grün herab.

Darüber hinaus sind die Liverpudlians auf dieser kleinen Eisscholle zu überzeugten Fußgängern geworden. Ohnehin lässt sich beim Flanieren am besten diskutieren! Die Autos wurden von den Straßen verstoßen – so effizient sie auch zuletzt waren, sie waren wenig effektiv. Und sowieso, woher das ganze Öl?

Trotz so manchem Widerstand wurde das Netz der U-Bahn nicht mehr ausgeweitet. Ohnedies sind die wichtigsten Orte wenige Fahrradminuten von der nächsten Station entfernt. Durch den Queensway-Tunnel – neuerdings ein Fahrrad-Tunnel – lässt sich der Mersey in etwa zehn Minuten unterqueren. Im *letzten Winter haben sich dabei vor allem die Kabinenräder bewährt.*

Blickt man auf die Straßen Liverpools, dann könnte man meinen, den Liverpudlians gehe es gut und sie führten ein freies, ihren Anlagen gemäßes Leben. Doch sieht man die Stadt mit jenem Blick der Wachpiloten, so stimmt es einen nachdenklich. Liverpool ist ein Kessel. Und es liegt nah zu fragen, was Liverpools eigene Freiheit eigentlich wert sei. Wo die Stadt doch so einsam zwischen den Mächtigen liegt. Jegliche verbliebenen demokratischen, europäischen Mächte – darunter Irland, Schweden, Estland, Portugal, Deutschland und Island – hatten ihre Solidarität seit Anfang der politischen Turbulenzen mit uns ausgesprochen, doch eingetreten ist eine politische Schockstarre, die vor allem den langen Atem unserer Bewohner auf die Probe stellt. Am Ende ist Liverpool doch für jeden uninteressant, denn es ist bitterarm. Uns rührt niemand mehr an. Weder unsere strengen Nachbarn, noch unsere Verbündeten. Professorin Valerie Patel von der Hope University brachte es auf den Punkt: »Wir sind West-Berlin – nur ohne West-Deutschland.«

Was ist also unsere Freiheit wert? Wir sind frei, sicherlich, doch nur frei in unserem eigenen Käfig. Woher sollen wir wissen, dass wir keine Gefangenen in einer Gefängniszelle sind?

Ja, solche, die nicht einmal wissen, dass sie gefangen sind? Oder: Macht uns allein der Käfig frei?

Passend zur identitätsstiftenden Kultur der Résistance möchte ich Camus' Gedanken einbringen. In »Der Mensch in der Revolte« bezeichnete er die Revolte als die erste Selbstverständlichkeit. In seinen Augen kann sie das Individuum aus den Händen der Einsamkeit entwinden. Wichtig hierbei ist, dass die Revolte den ersten Wert auf allen Menschen gründet. Hier bezieht er sich auf Descartes und sagt: „Ich revoltiere, also sind wir."

Doch welchen Schluss müssen wir daraus ziehen? Wir müssen die Existenz unseres Käfigs akzeptieren, dürfen uns jedoch nicht mit ihm abfinden. Wir sollten nicht das Leben verlangen, sondern die Gründe des Lebens. Dann wird unsere Revolte offenbaren, was im Menschen allezeit zu verteidigen ist. Wir dürfen nicht den Fehler begehen, die Erniedrigung, die wir zurückweisen, für die Anderen zu verlangen, so sehr wir uns auch von der Schöpfung hintergangen erklären.

In solch existenzieller Not könnte die Empfänglichkeit für die Geschichtsphilosophie und Denker wie Marx oder Hegel unendlich groß sein. Doch Liverpool möchte die Geschichte nicht als sinnvollen Ablauf sehen. Vielleicht vor dem Hintergrund, dass all unser Unglück von der Hoffnung stammen könnte, die uns der Stille entreißt und uns, von der Sehnsucht verblendet, auf die Barrikaden treibt. Vielleicht vor dem Hintergrund, dass sich die Geschichte wiederholen könnte. Vor dem Hintergrund, dass Liverpool das gallische Dorf sein könnte. Weder als Tragödie, noch als Farce will Liverpool dem Ende entgegen sehen, das Gallien ereilt hat.«

DIE PHILOSOPHISCHE PRAXIS

Der erste Junimorgen war ein Mittwoch, glaube ich. Einer dieser schwülen Morgen. Es war gegen kurz vor neun. Meine Haare waren noch nass und ich hatte mich auf meine Hände gesetzt. Die Holzstühle waren unbequem. Mr. Holahan machte einem das Warten wirklich nicht leicht. Aber vielleicht waren die unbequemen Holzstühle auch schon eine Metapher auf das Leben.

Dampf stieg vor dem Fenster auf, bis in den ersten Stock. Ich glaube, er kam aus den Kanaldeckeln. Sicher war ich mir nicht. Ich sah nur die Schwaden über der Fensterbank und beobachtete, wie sie sich in der trüben Morgenluft auflösten. Im Grunde war mir gleich, wo sie herkamen.

Auf dem Apothekerschrank neben dem Fenster stand eine verstaubte Postkarte, angelehnt an eine kleine Figur eines Sensenmannes. Darauf stand: »*Das Leben ist grausam und ungerecht und nicht leicht, und dann ist es auch noch viel zu kurz.* – Woody Allen.«

Ich schmunzelte ein wenig. Ich hatte schon mal von Woody Allen und seinen Filmen gehört. Allerdings war ich mir auch sicher, dass er schon einige Jahre tot war. Er musste also wissen, wovon er sprach.

Die Dielen im Nebenzimmer knarrten. Ein paar Schritte,

Stille, dann wieder ein Schritt. Ein Räuspern. Dann ging die Tür auf. Mr. Holahan hatte keine Angestellten. Niemanden, der mich darauf hinwies, dass ich nun zu ihm ins Sprechzimmer kommen konnte. Er selbst stand vor mir.

»Nathan?«

»Ja«, sagte ich. »Der bin ich.«

»Starke Sache. Wirklich enorm. Nenn mich Bernard.«

Er hatte einen angenehmen Händedruck, hielt meine Hand aber sehr lang. Ich glaube, Mr. Holahan war weit jünger als er aussah. Vielleicht um die fünfzig. Oberhalb des zotteligen Vollbarts schauten mich zwei Augen an, die so treu wie die eines Hundes waren. Er steckte sich eine Kippe in den Mund und fasste sich kurz an die Taschen seiner ausgeleierten Strickjacke, so als würde er etwas suchen. Dann bat er mich hinein und sagte, ich solle mich setzen.

»Oder doch lieber ein Spaziergang?«, fragte er, während er das ganze Zimmer nach Streichhölzern absuchte.

»Ein Spaziergang?«, fragte ich.

»Yeah Partner, manchen ist das echt lieber«, sagte er. »Die schwören darauf, dass die besten Gedanken im Gehen kommen. Die wollen wohl dem lieben Nietzsche in den Popo kriechen oder so.«

»Bleiben wir hier«, schlug ich vor.

»Oh yeah«, sagte er und ließ sich in seinen Liegesessel sinken. »Da hinten steht lauwarmer Kaffee. Und Wasser. Das ist auch lauwarm.«

Ich schüttelte den Kopf und setzte mich ihm gegenüber. Von dem rauen Stoff des Sofas bekam ich sofort Gänsehaut.

In Mr. Holahans Philosophischer Praxis roch es nach Möbelpolitur und grünem Tee. Ein staubiger Schleier hatte sich auf alles gelegt. Auf alle Möbel, aber auch auf Mr. Holahan. Fast sah es so aus, als würde er zum historischen Inventar gehören. Vor dem Fenster, hinter ihm, stand ein alter Schreibtisch aus Eiche, den er mit Büchern stoischer Philosophen aufgestockt hatte. Sein ganzes Sprechzimmer war von Büchern befallen. Wie Unkraut wucherte in allen Ecken Literatur. Kaum mehr gab es eine glatte Fläche. Selbst die großzügig ausgelegten Perserteppiche überlappten sich, vielleicht waren darunter sogar ein paar Bestseller begraben. Dabei sah Mr. Holahan gar nicht aus, als würde er viel lesen.

Das Morgenlicht setzte den Raum in schweren Dunst. Oona hatte mir erzählt, dass die meisten Philosophiker ihr Gespräch mit der Frage eröffneten, ob man wegen der Wahrheit oder wegen des Glücks gekommen sei. An dieser Frage teilte sich die Philosophie auf, meinte sie. Ich hielt das für Schwachsinn und war froh, dass Bernard die Philosophische Sprechstunde anders begann.

Zunächst setzte er sich eine zerbrochene Hornbrille auf und

blätterte mit zugekniffenen Augen in einer sandfarbenen Akte. Sein Bart war wie eine Maske.

»Die jährliche Gratissitzung?«

Ich nickte.

»So, so. Und machst du etwas von Beruf?«

»Literaturkritiker«, antwortete ich. »Bis vor einem Jahr habe ich auch Theaterkritiken gemacht, aber jetzt nicht mehr.«

»Yeah, das ist auch gut. Man darf nicht zu viel machen.«

»Obwohl es ja mittlerweile recht ergiebig ist", sagte ich. »Aber ich finde die Zeit nicht mehr. Bücher kann man immer lesen. Aber das Theater ist immer abends. Ich kann nicht jeden Abend im Theater sitzen, bei dem Output an Stücken da draußen.«

»Und was liest du Feines?«

Er nahm einen Zug von seiner Zigarette, die eigentlich ein Joint war, und tippte mit dem Finger darauf. Asche fiel in ein Buch, das neben ihm aufgeschlagen war. Darin war ein tiefer Krater gebrannt. Es war Kants Metaphysik der Sitten.

Er lehnte sich mit lautem Seufzen zurück, schloss seine Augen und machte es sich bequem in seinem Sessel. Es sah aus, als wolle er ein Nickerchen machen. Erst jetzt fiel mir auf, dass er kurze Hosen trug und barfuß war. Seine Beine waren ziemlich behaart und die ein oder andere Krampfader schlängelte sich über seine Waden.

»Ist grüner Tee«, sagte er. »Willste mal?«

Er hielt mir, noch immer mit geschlossenen Augen, die Zigarette hin, die offensichtlich doch keine Tüte war. Ich lehnte auch das ab und sagte, dass Rauchen nicht gut für meinen Magen sei. Dabei hatte ich nach langer Zeit wieder Lust zu rauchen. Es hatte mir nie geschmeckt, aber ich wusste, dass man Rituale haben musste, an denen man sich verbrauchte. Man durfte der Freude nicht aus dem Weg gehen. Ich konnte mir aus irgendeinem Grund kein Leben vorstellen, aus dem ich unverschlissen hervorging. Und anscheinend war ich dazu auch in der richtigen Stadt aufgewachsen. Als ich jünger gewesen war, hatte ich mich Nacht für Nacht im Cavern Quarter mit Selbstgebranntem aus der kausalen Welt geschossen. Jeder hatte das getan. Ich tat das schon lange nicht mehr, mir war der Kater lästig, doch ein geistiger Hang zur Flucht war bei mir nicht zu leugnen. Daher lehnte ich auch Bernards Angebot nicht ab, mir um kurz nach neun einen Sherry einzuschenken.

Ich mochte dieses Bild, wie er seine Zigarette in der einen Hand und dieses kleine Sherry-Glas in der anderen Hand hielt. Mit halb verschlossenen Augen nippte und schlürfte er aus dem Glas, dann erschrak er, weil das Telefon klingelte.

»Das Telefon klingelt«, sagte ich.

»Danke, Nathan.« Er lehnte sich über seinen Sessel bis zum

Schreibtisch und nahm ab.

»Halloo?! Ah... Heriberto!« Bernard knurrte und schmatzte.

»Nein, nein«, sagte er. »Am Ende kackt die Ente. Sie macht es erst am Ende«, und legte wieder auf. »Du hast ein ernstes Problem, Nathan.«

»Aha. Und das wäre?«

»Du nimmst Philosophen viel zu ernst.«

»Woher wollen Sie das denn wissen?«

»Sonst wärst du selbst einer geworden!«

»Verstehe. Und weshalb soll ich sie nicht ernst nehmen?«, fragte ich.

»Sie lügen. Alle Philosophen lügen.«

»Wieso soll ich Ihnen dann glauben?«

»Das ist die Ironie«, kicherte er kaum hörbar. »Die meisten holen sich doch auch nur einen auf die Philosophiegeschichte herunter. Wie Diogenes. Der hat regelmäßig in seinem Weinfass masturbiert.«

»Faszinierend«, antwortete ich.

»Ach, wenn es nur so einfach wäre, den Hunger durch Reiben meines Bauches zu vertreiben... Ja, und Descartes hat manchmal in einem Ofen geschlafen. Und Nietzsche hat angefangen zu weinen und ist zusammengebrochen, als er ein Pferd umarmt hat. Ein fucking Pferd.«

Bernard setzte wieder jenen entrückten, mumienhaften Blick

auf, hoch zur verstuckten Zimmerdecke.

Auf dem Dach gegenüber stand eine junge Frau. Sie trug Gartenhandschuhe und hielt in der rechten Hand eine Gießkanne. Sie gab den Tomaten Wasser. Als sie mit der Reihe durch war und die Sonne herauskam, stellte sie die Gießkanne ab und streckte sich. Die Abfolge ihrer Bewegungen sah wie ein Ritual, wie eine Zeremonie aus. Sie löste ihren Zopf, schüttelte ihre blonden Haare wild durch und band den Zopf neu, noch strenger als zuvor.

Erst als ich wieder in Bernards gerötete Augen schaute, drehte er sich um und blickte ebenfalls aufs Dach. Die Frau war verschwunden.

»Zumindest...« Er leerte sein Glas und fuhr fort. »Wenn du einen Philosophen zu ernst nimmst, dann stell ihn dir mit einer Schnabeltasse vor. Hegel mit einer Schnabeltasse. Das hilft immer. Oder mit einem seeehr großen Sombrero.«

Er mimte die Größe des Sombreros oberhalb seines Kopfes nach.

»Wissen Sie, die haben mich hierher geschickt. Aber ich konnte ja nicht wissen, dass Sie auf Kriegsfuß mit Ihrer eigenen Disziplin sind.«

»Was ist schon Philosophie?«, sagte er.

»Ja, was ist schon Philosophie?«

Mir fiel Michel de Montaigne ein, der gesagt hatte, dass

Philosophie hieß, sterben zu lernen.

»Na, die Philosophie ist... Eine Gebliebte, die man nicht heiraten kann! Und ich bin gegen die Zwangsehe.«

»Wer hat das gesagt?«

»Ich. Eben gerade. Im Gegensatz zu allen anderen Philosophikern ziehe ich es vor, nur mich selbst zu zitieren. Es mag einleuchten, dass die Anderen, bevor sie ihre eigenen Gedankengebäude errichten, erst mal eins mieten. Aber diese leutselige Zitiererei überlasse ich eifernden Hammelgeistern. Abgesehen davon kannst du eintausend Philosophen fragen, was Philosophie ist, und du wirst zumindest zweitausend Antworten bekommen.«

Einerseits wunderte ich mich, dass Bernard in intakten Sätzen sprechen konnte, andererseits hatte ich seinen Status als Philosophiker nie wirklich angezweifelt. Auch wenn er sich darum bemühte.

Ich gähnte. Dabei hatte ich knapp neun Stunden geschlafen. Auch Bernard schien schläfrig zu sein. Er hatte begonnen, zu murmeln und wieder an seiner Zigarette zu ziehen. Mit geschlossenen Augen brabbelte er ins Luftleere.

Mir wurde schwer ums Herz, als ich an Oona dachte. Sie hatte mich am Morgen seltsam angeschaut. Oona und ich, wir lebten seit einem Jahr zusammen, in einer 40-Quadratmeter-Wohnung in der Egerton St. Ich schlief gerne mit ihr, ab und zu, und war gerne bei ihr. Lag gern stundenlang verschwitzt im Bett, hielt sie ihm Arm und starrte die Decke an. Doch so wie sie mich heute Morgen angeschaut hatte, so verträumt, war mir, als war sie kurz davor, unser zerbrechliches Glück zu zertreten. Neben ihr fühlte ich mich eigenständig und erwachsen. Das war kein gutes Zeichen.

So wie Bernards Stimme am Ende des Satzes nach oben gegangen war, ahnte ich, dass er mir eine Frage gestellt hatte. Ich fragte nicht nach und entschuldigte mich. Ich faltete meine Hände, ließ sie wieder auseinander gleiten, ballte kurz meine Fäuste und verschränkte dann die Arme. Ich wusste nicht recht, warum ich hergekommen war. Wieso gerade Philosophie? Ich mochte es lieber, in gedankenloser Ohnmacht zu leben.

»Ich unterbreche dich mal nicht beim Schweigen und schenke dir einfach noch ein Glas Sherry ein...«

Ich seufzte in einem Anflug jämmerlicher Schwermut.

»Manchmal. Da schaue ich mir Bilder von meinen Eltern an. Und sehe zwei Menschen in den Dreißigern. Zwei junge, unschuldige Menschen, die frisch verheiratet sind und sich Mühe geben. Und da ist ein kleines Kind, das bin ich. Und jetzt bin ich in dem Alter meiner Eltern damals und verstehe, wie solche Biographien entstehen. Ich verstehe, wie Lebensläufe mäandern können, wie sich das Leben regelrecht weigert, Sinn zu machen. Ich weiß, wie Eltern den Fehler begehen können, zu heiraten, so wie meine Eltern damals geheiratet haben. Das ist der Lauf der Zeit. Und er schmerzt. Wenn ich das sehe, dann ist der Rest der Welt kalt und sonnig.«

»Ach Gottchen... Ein echter Kierkegaard. Und das schon mit dreißig. Aber was zum Geier sag ich? Mit dreißig war Kierkegaard schon fast tot.«

Ein unsägliches Kichern entfuhr ihm. Er schmiss die Akte, die er auf seinem Bauch abgelegt hatte, auf den Boden.

»Die Zeiten sind übel. Da wird man besser schnell zum Philosophen, was? Das Leben in dieser Stadt geht hier und da harte Wege.«

»Ihnen scheint es ja ganz gut zu gehen«, sagte ich.

»Solange mein Fuselladen nicht schließt.«

»Das kann jederzeit passieren. Letzte Nacht haben vier Bars geschlossen, weil nichts mehr da war. In dieser Lage ist es eine Frage der Zeit. Und dann ist aber ganz schön Ebbe.«

»Kokolores. Der Sherry wird mir nie ausgehen. Selbst wenn es keinen Sherry mehr in Liverpool gibt.«

Ich verstand nicht und fragte ihn, wie er das meinte. Nach längerem Schweigen fügte ich an: »Ich mache mir Sorgen um die Luft in diesem Zimmer.«

»Willst Du etwa das Fenster öffnen?«

»Ja. Warum nicht...«

»Schade! Es geht nämlich nicht auf.«

Ich nickte etwas eingeschnappt.

»So schnell geht das«, sagte er. »Kurz hattest du die Hoffnung, an etwas Frischluft zu kommen. Die Kunst im Leben ist, sich gar nicht erst die Hoffnung zu machen.«

»Das klingt zynisch.«

»Nö. Erwarte einfach nichts vom Leben. Zynisch sein heißt auch immer enttäuscht sein. Doch wenn du gar nichts erwartest, wirst du nicht enttäuscht. Und da du der Welt im Prinzip und in jeglicher Hinsicht egal bist, ist das eine feine Sache!«

Ich traute Bernard nicht recht und doch musste ihn etwas vom Alt-Hippie zum anerkannten Philosophen gemacht haben. Er zündete eine Nebelkerze nach der anderen. Schließlich riet er mir, ab und zu eine Statue anzubetteln. Dann würde ich lernen, nicht so schnell enttäuscht zu sein. Auch er würde das manchmal machen. Und manchmal würde er auch eine Straße rückwärts hinunterlaufen. Einfach so, damit die Leute sich wundern würden. Mich zumindest hätte es nicht gewundert, wenn er wirklich eine Nebelkerze in seiner Praxis gezündet hätte. Nur damit ich sah, dass ich nichts sah.

»Wie halten Sie es mit der Politik, Bernard? Verfolgen Sie die aktuellen Ereignisse? Machen Sie sich keine Sorgen um die Föderation? Auch Ihr Leben würde sich verändern.«

»Ach wo! Immer mit der Ruhe... Mein Leben verändert sich doch jeden Tag. Du tust ja so, als wäre das schlimm. Und wenn die Rotröckchen eines Tages in meine Praxis spazieren, dann biete ich ihnen eben einen Sherry an.«

»Also keine Auflehnung?«, entgegnete ich.

»Gäbe es denn eine größere Auflehnung als diese? Als dem Feind einzuschenken? Das geht ja nur mit sokratischer Ironie. Und Alkohol.«

»Also haben auch Sie Feinde?«

»Nun«, sagte er launig. »Mir scheint es, als seien die Maschinen endlich warmgelaufen.«

Er drückte seine Zigarette aus. Sie zischte selbst in Kants Metaphysik. In mir zog sich alles zusammen. Mir war, als konnte ich den Staub des Sprechzimmers hören, als war er in meine Ohren gezogen. Dazu kam Bernards Gekaue und seine Kurzatmigkeit. Dann knirschte es im Bücherregal an der Wand.

Mit einem Mal sackte der obere Regalboden aus der Halterung, brach hinab und krachte mit Getöse auf die untere Reihe. Dann riss er auch den dritten und vierten Boden von der Wand. Aberdutzende Bücher mit Staubkuppen, die eben noch – mehr oder weniger – fein säuberlich aufgereiht im Regal geschlummert hatten, waren nun zu einem Scheiterhaufen aus Worten geworden. Nur Bernard saß so zerknüllt wie vorher da – und gähnte.

»Nun, ich habe stets mit weit Schlimmerem gerechnet«, säuselte er. »Immerhin hat's fünfundzwanzig Jahre gehalten.«

Er zuckte mit den Schultern, stand auf und sagte, dass das Universum die Sitzung gerade geschlossen habe und es jetzt gut wäre, zu gehen. Ich solle in einer Woche wiederkommen. Er hielt mir seine Hand hin.

»Meinen Sie?«, antwortete ich.

Aus seinem Lachen wurde rasch ein Husten: »Nathan... Deinem schlichten Geist steht eine lange Reise bevor.«

Ich verzog den Mund.

»Das sieht ein Blinder gegen Wind.«

Bernards Gestalt war aufrecht, sein Blick ungetrübt und ehrlich. Er hob seine buschigen Augenbrauen an. Ich gab ihm die Hand.

»Nun gut, Bernard«, stutzte ich, um ein wenig einzulenken. »Was haben Sie eigentlich vor dem Zeitenbruch gemacht? Waren Sie da auch schon Philosophiker?«

Er fing an, beseelt zu grinsen. »Ich bin Taxi gefahren.«

CHAVASSE PARK

Ich betrachtete Oona nur aus der Ferne. Sie arbeitete als Floristin im Chavasse Park. Wäre sie eine Fremde gewesen, ich hätte sie wohl auch angeschaut.

Der Tau war getrocknet und mittlerweile fiel ein wärmender Sonnenstrahl auf die weitläufigen Grünflächen. Ich hatte mich auf eine Bank gesetzt und hoffte, dass sie auf Oonas Weg lag. Ich saß genau zwischen ihr und ihrer Basis, dem blaugrauen Rondell im Norden des Parks. Sie stand noch bei den Bienenstöcken und diskutierte mit einem grantigen Kunden. Sie war sehr viel kleiner als er und von weitem sah sie aus wie eine mutige Diplomatin.

Ich fragte mich, ob sie ohne mich wohl anders war. Ich mochte den Gedanken nicht, dass wir uns gegenseitig vervollständigten. Dass wir einander brauchten, um wir selbst zu sein, und dass uns etwas fehlte, wenn wir allein waren. Es war mir immer leicht gefallen, allein zu sein.

Als sie zurück zu ihrem Rondell ging, lief sie tatsächlich an meiner Bank vorbei. Sie säuberte ihre Hände an ihrer schwarzen Schürze und lächelte mich gutmütig an. Dann wandte die junge Irin ihren Blick wieder ab und ging weiter. Sie hatte mich angeschaut, aber nicht gesehen. Für einen Moment waren wir einander Fremde. Es war, als gab sie uns die Möglichkeit, eine ganze Geschichte neu zu schreiben.

Vermutlich war es die Sonne, die sie geblendet, oder meine Sonnenbrille, die meine wichtigsten Züge verdeckt hatte, doch ich genoss den Moment der vollkommenen Unkenntlichkeit.

Ich stand auf und folgte ihr für ein, zwei Minuten durch den Park. Dann tippte ich auf ihre Schulter.

»Nathan!«, jubelte sie im Moment des Erkennens.

»Mrs. O'Loughlan!«, sagte ich empört.

Sie machte einen Knicks und straffte ihre Schürze. »Mr. Yeaden.«

»Was tun Sie hier, darf ich fragen?«

»Ich lebe meine Obsession für Botanik aus. Doch Sie?«

»Mh«, sagte ich. »Mögen Sie mir etwas über die Blumen der Jahreszeit erzählen?«

»Ich wollte gerade in die Mittagspause gehen, wissen Sie? Ich habe nämlich eine Verabredung.«

»So, so«, sagte ich. »Doch bis ihre *Verabredung* eintrifft, könnten wir uns doch unterhalten, nicht? Außerdem habe ich auch gleich eine Verabredung.«

»Na gut. Weil Sie es sind, Mr. Yeaden.«

»Wunderbar«, sagte ich. »Ich würde gern mehr erfahren. Denn – Sie werden es wissen – heute beginnt der Sommer.«

Von der Sonne geblendet spannte Oona ihre Hand über die

Stirn. Ihr entfuhr ein schlichtes und munteres Ja. Ihr schulterlanges, glattes Haar glänzte in der Mittagssonne.

Wir schlenderten durch die Blumengärten des Parks, oberhalb des Freilichttheaters am Thomas Steers Way. Die Straßenkünstler lagen gemeinsam in der Sonne und tranken Kaffee.

»Wem wollen Sie denn eine Freude machen?«, fragte Oona.

»Sie müssen mir schon etwas über den Menschen erzählen. Sonst weiß ich ja gar nicht, wonach ich suchen soll.«

»Erzählen Sie mir einfach ein wenig zu den Pflanzen, die gerade blühen.«

»Das hier sind Päonien.« Sie blieb an einem Strauch magentafarbener Blumen stehen.

»Heißen die wirklich so?«

»Es sind eigentlich Pfingstrosen«, kicherte sie leise. »Der römische Gott Virbios wurde mit einer Pfingstrose wieder zum Leben erweckt. In Asien sagt man auch, dass die blühenden Triebe aus den Fußabdrücken des jungen Buddhas entsprungen sind. Sie stehen für Reichtum und Schönheit.«

»Reichtum und Schönheit...«, murmelte ich. »Wie treffend! Aber gehen wir doch weiter, Mrs. O'Loughlan.«

»Das hier ist eine Lisianthus. Eine wirklich sehr zierliche, schüchterne Pflanze.«

»Schüchtern? Öffnet sie sich etwa so langsam?«

»Ihre Blüten sind sehr klein. Sie ist zerbrechlich und schmal, hat aber Charakter. Sie kommt aus Nordamerika, ursprünglich. Eigentlich eine Wüsten- und Prärieblume. Schauen Sie nur, wie stark ihre Farben sind.«

Sie hielt ihre Hand hinter die violetten Blüten. Mein Blick wich zu ihr. Ich spiegelte mich in ihren grauen Augen. Es wäre ein Moment unverschämter Intimität gewesen, wenn wir uns denn nicht gekannt hätten.

»Meine Verabredung scheint sich zu verspäten«, seufzte sie.

»Ja, meine auch. Wen erwarten Sie denn?«, fragte ich. »Ist er etwa ebenfalls ein Ire?«

»Sie können es sich nicht vorstellen, Mr. Yeaden. Es ist ein Liverpuuuudlian.«

Sie sagte es so, als war das ein Verbrechen. Ein Verbrechen, das sie allerdings gern beging.

»Und Sie? Wen erwarten Sie, Mr. Yeaden?«

»In ihrer Heimat blüht gerade der Ginster.«

Oona schmunzelte vor sich hin, still und verschlossen. Sie hatte etwas Kindliches an sich und war doch zugleich von mütterlicher Statur.

»Die kenne ich!« Ich zeigte auf ein paar Hortensienbüsche am Ende des Blumengartens.

»Wissen Sie auch, wie sie heißt?«

»Hor...tensie!«

»Ganz richtig. In Europa gibt es die erst seit Ende des 18.

Jahrhunderts. Wussten Sie das? Das Klima in Liverpool macht ihr etwas zu schaffen. In Japan wäre sie deutlich besser aufgehoben. Wir haben hier auch schon versucht, Exemplare zu kultivieren, die auch mit gemäßigtem Seeklima klarkommen.«

»Ohne Erfolg?«

»Ohne Erfolg.«

»Wie steht es um Sie, Mrs. O'Loughlan?«

Oona inspizierte die Stängel der Hortensie.

»Die sind etwas schwächer geraten in diesem Jahr...«

»Macht Ihnen das Klima in Liverpool auch zu schaffen?«, fragte ich.

»Meinen Sie das politische? Oder welches?«

»Sagen Sie es mir.«

»Es ist doch schön hier«, sagte sie.

»Sie wollen also nicht zurück nach Irland? Ein Problem wäre das sicher nicht. Liverpool und Irland sind verbündet. Sicher, die Überfahrt... Aber ich denke, dass die meisten heimlich darüber nachdenken, zu türmen. Ich glaube weder, dass es eine Gesellschaft ohne Hadern geben kann, noch, dass es sie geben sollte. Was am Ende des Haderns steht, das zählt. Denn am Ende entscheiden Sie sich eben doch, hier zu bleiben.«

»Es ist schön hier.«

Sie wirkte frei von jeder Sorge. Fuhr mit ihren Fingern über die bunten Blüten. Bienen schwirrten im Geschwader über die Wiese. Die Luft war süßlich. Ich drückte Oona einen vagen Kuss auf den Mund. Ihre Haut duftete nach Salz und Sonne.

»Mr. Yeaden...«, sagte sie unbeeindruckt. »Was ist mit Ihnen? Denken Sie auch darüber nach, zu türmen?«

»Ich weiß nicht. Ich genieße das Fernweh weit mehr als das Heimweh. Da ist es doch besser, seine Sehnsucht zusammen mit allen anderen zu kultivieren. Wo ginge das besser als in einer alten Hafenstadt?«

»Mag sein...« Sie blickte runter auf den Mersey.

»Ich will außerdem nicht, dass mich das Fernweh verlässt. Das Fernweh ist wie ein alter Freund, der hier und da aufkreuzt und mein Herz wach hält. Ohne pathetisch werden zu wollen. Aber man könnte sagen, wir leben in einer Duzfreundschaft.«

»Das Fernweh und Sie duzen sich schon? Ach je...«

»Egal. Wo waren wir stehengeblieben?«

»Na... Genau hier!« Auf einmal johlte Oona und zeigte auf den Boden, auf dem wir standen. Wir beide mussten unbeherrscht lachen.

»Wussten Sie schon, Mr. Yeaden... Wenn Sie früher jemandem eine Hortensie geschenkt haben, dann haben Sie praktisch sehr unauffällig danach gefragt, ob die beschenkte Person noch an Sie denkt.«

Ich riss die nächstbeste Blüte vom Busch.

»Nathan!«, protestierte sie. »Das darf hier nur *ich*!«

Ich wehrte ihren Arm ab und hielt ihr die Blüte hin.

»Hier, Mrs. O'Loughlan«, sagte ich.

»Nathan, nicht.«

»Was denn?«

»Das ist eine weiße Hortensie.«

»Jaaa, genau.«

»Die nehmen wir nur für Bestattungen.«

GIDEON

Trotz ihrer Getriebeschäden trug mich die Triumph Tiger Cub rüber auf die Wirral-Halbinsel. Sie ratterte lauter als sonst.

In Birkenhead machte ich kurz Halt. Wieder Magenkrämpfe. Ich krümmte mich vor Schmerz und hätte am liebsten die sowieso schon angeschlagene Maschine umgetreten. Ich redete mir ein, dass ich wahrscheinlich nur schwer verliebt war.

Als die Schmerzen nachließen, fuhr ich runter bis nach Thurstaston. Gideon lebte am Ende einer langen, einsamen Straße, die bis zur Mündung des Dee Rivers führte. Erst unten am Wasser lichteten sich die Hecken, die den Weg rechts und links begrenzten. Dort lag sein kleiner Hof. Eine ganze Szenerie alten Metalls, dahinter ein graues Steinhaus. Dutzende verschlissene Motorräder standen säuberlich aufgereiht in seinem Unterstand.

Ich kannte Gideon schon so lang ich Motorrad fuhr. Das mussten jetzt bald zwölf Jahre sein. Wenn ich ihn besuchte, saß er immer auf einem Holzstumpf und schraubte an nicht mehr zu rettenden Maschinen. Ich kam mit meinen Problemen immer zu ihm. Er wusste viel. Und obwohl er eigentlich nie wirklich im Stande war, mein Motorrad zu reparieren, unterhielt ich mich gern. Er führte das einsiedlerische Leben, zu dem ich vermutlich zu feige war.

Nach einem halben Tag in Thurstaston dachte ich an nichts mehr. Vielleicht war es seine stachelige Stimme, die manchmal etwas erkältet klang oder sein Geordie-Akzent. Seine raubeinige Art. Oder das kreatürliche Leben, das er führte. Tage voller Motoröl, vollgeschmierter Stofflappen, Rost und Chrom. Für einen Moment war es schön, der Welt des Geistes zu entfliehen. Gideon hatte seine eigene Welt geschaffen, in der seine eingängigen, schlichten Sprüche wie Offenbarungen klangen.

Ich rollte im Schritttempo auf seinen Hof. Die Reifen versanken im Kies. Bevor ich den Motor abstellte, rief ich ihm zu: »Hörst du das?«

Er nickte gelassen. »Das Getriebe.«

Das waren die einzigen Worte, die wir zu meinem Motorrad verloren. Gideon ging sofort an die Arbeit und ich setzte mich auf seinen Holzblock.

Gideon beäugte das Getriebe, ich schaute für einige Minuten auf die Bucht. Hier, auf der westlichen Seite der Halbinsel, spürte man den Golfstrom stärker. Wenigstens das Klima war Liverpool nicht wegzunehmen. Dem Wind waren Landesgrenzen egal. Gideon lebte am westlichsten Rand der Föderation, vom Ufer aus konnte er beinahe zur Grenze schwimmen. Er war der glückliche Erste, der die Luft atmen durfte, die von der See kam. Und das musste es auch sein, wovon er letzten Endes lebte. Die letzte Freiheit war wohl die des Atmens.

Ich ging hinein, um etwas Brennnessel-Tee aufzusetzen. Aus Gideons Küchenfenster konnte man Wales sehen. Es roch nach Farbe in seiner Küche. Er hatte die Holzrahmen der Fenster frisch gestrichen. Die neue Schicht ließ den Blick dahinter noch mehr wie ein kitschiges und einfältiges Gemälde aussehen. Danach leckte sie sich im ehemaligen Königreich die Finger. Wenn man etwas Geld in Gideons Haus gesteckt hätte, wäre es sicher teuer auf der anderen Seite zu verkaufen gewesen. Allerdings hatte sich die Föderation dazu entschlossen, vollkommen autark zu leben. Und der Reichtum der Liverpudlians gründete sich gewissermaßen auf den Dingen, die nichts kosteten. Gideon lebte auch in dieser Gesellschaft nur am Rande, dabei war gerade er es, der verkörperte, was Liverpool sein wollte.

In der Kanne auf dem Ofen war noch ein Rest Schwarztee. Ich kippte ihn in die Pflanzen und setzte einen neuen auf.

In der Spüle stand dreckiges Geschirr. Ich dachte einen Moment darüber nach, ob ich ihm den Gefallen tun und es abwaschen sollte. Doch ich war mir nicht sicher, ob ich ihm damit half. Ich hatte das Gefühl, dass sein ganzes Leben nur aus Ritualen bestand und seine Tage von einem inneren Gleichgewicht zusammengehalten wurden, das, wenn ich mich zu sehr einmischte, zerstört wurde.

Gideon stand im Flur. Mit einem alten Stofftuch rieb er über seinen kahlen Kopf. Er schaute zum Fenster hinaus. Es hatte begonnen, zu regnen.

»Willst du eine Pause machen?«, fragte ich.

Er warf sich das Tuch über die Schulter und schnaufte ernüchtert. Die tiefen Furchen seiner Grübchen sahen wie geschnitzt aus.

»Nimm den Tee mit«, sagte er und ging wieder raus.

Ich folgte ihm wenig später mit der Kanne in der Hand. Gideon saß auf seiner grünen Bank vor der Haustür. Der Regen fiel nur auf die Vorderkappen seiner Stiefel.

»Wie geht es Oona?«

»Tja...«, seufzte ich. »Sehr gut, sehr gut. Sie lässt sich nicht unterkriegen. Nicht mal von mir.«

Er nickte mit strenger Miene. Dann lachte er. Ja, er lachte so laut, dass ich den Regen nicht mehr hörte. Dem Leben in der Stadt gegenüber war er so distanziert wie liebevoll. Mal fragte er nach, mal lachte er nur darüber. Und manchmal klang sein Gelächter so düster, dass ich dachte, er würde über sich selbst lachen. Als war sein Lachen der einzig mögliche Widerstand gegen das Alleinsein, gegen sein Leben hier in Thurstaston.

Vielleicht hatte Gideon das Alleinsein ja nur gewählt, weil er Angst vor der Einsamkeit hatte.

Gideon streckte die Hände nach vorne in den Regen aus. Dichte Schauerschwaden fegten auf der anderen Seite über Flintshire hinweg.

»Nach dem Regen fahre ich wieder. Ich bin noch verabredet.«

»Das wird nicht gehen«, sagte er.

»Wieso nicht?«

»Du kannst eines meiner Fahrräder nehmen.«

»Wie lange brauchst du denn noch mit der Tiger?«

»Sie ist kaputt.«

»Das kann nicht sein. Ich bin doch damit hergekommen.«

»Ja, das stimmt. Aber jetzt ist sie kaputt.«

»Wieso? Wo liegt denn das Problem?«

»Ich hab sie kaputt gemacht. Nicht absichtlich. Tut mir Leid. Fahr lieber mit dem Rad und lass es einfach irgendwo stehen. Ich habe genug davon.«

»Gideon, ich bin in einer halben Stunde mit Oona verabredet.«

Sein Gesicht war unbeholfen und ausdruckslos. Er sagte nur: »Viel Glück.«

DER STRAND

Ich legte mich ins Zeug und schaffte den Weg nach Wallasey immerhin in einer Dreiviertelstunde. Gideons Rad war rostig und quietschte. Ich wollte nicht zu fest in die Pedale treten, aus Angst sie würden in tausend Stücke zerfallen. Ich kam mir vor wie ein Pfarrer auf dem Land, der im Anzug über Kopfsteinpflaster durch das Dorf fuhr.

Der nasse Asphalt trocknete in der Sonne und Luft wanderte durch die Ähren der Getreidefelder. Die Flügel der Windräder fuchtelten laut in der Juniluft. Endlich war der Sommer da.

Zwischen Grange Hill und Saughall Massie hielt ich an und setzte mich auf eine nasse Weide. Gideon hatte mir eine Flasche kühlen Weißweins mitgegeben. Ich trank ein paar Schlucke, blickte sorglos in den Himmel und fuhr weiter. Kurz vor Wallasey kam ich an einer Panzerwerkstatt vorbei. In der Mittagssonne schraubten ein paar Männer meines Alters friedlich an den großen Dingern herum. Im Grunde war mir so, als hatte niemand ernsthaft vor, mit diesen Panzern Krieg zu führen. So als war es Selbstzweck und reine Muße, das Kriegsgerät in Schuss zu halten. Auch der Schießstand hinter der Halle sah verlassen aus. Mit sieben Panzern war sowieso kein Krieg zu gewinnen. Vielleicht ein Dorf. Doch territorial war Liverpool satt und sowieso viel zu träge und nach außen hin indolent, um nicht tapfer jeden Militärschlag wie einen unabwendbaren Schicksalsschlag zuzulassen. Wie eine höhere Gewalt oder das Wort eines Gottes, an den wir nicht glaubten.

Als ich am Strand ankam, pochten meine Schläfen bereits von der Hitze. Ich rollte die letzten Meter der Tobin St hinunter, bis zum Kreisel. Eine Hand voll Menschen trank Bier vor der winzigen Seemannskneipe. Auch der Wirt stand draußen und strich die Türbalken schwarz. Die nasse Farbe glitzerte wie das Meer.

Ich stellte Gideons Rad am Geländer der Strandpromenade ab und zog meine Schuhe aus. Oona musste irgendwo auf diesem langen Strand liegen, den sie vor ein paar Jahren aufgeschüttet hatten. Es war im Grunde ein hässlicher Strand. Doch er war von Ebbe und Flut nicht betroffen und der Ausblick war recht schön. Der mit Abstand schönste Strand war wohl nahe des ehemaligen Golf Clubs von Wallasey, auf der Nordseite der Halbinsel. Man hatte den Golf Club ganz sich selbst überlassen, sodass dort nun eine weitläufige Dünenlandschaft entstanden war. Oona und ich waren dort nur am Wochenende, wenn wir uns etwas mehr Zeit nahmen für lange Spaziergänge. Der Strand hier auf der Ostseite, am Mersey, lag hingegen näher an der U-Bahn.

Ich schwitzte so sehr, dass der Sand an meinen Füßen klebte.

Auf der anderen Seite der Merseymündung lag die Stadt. Links der stillgelegte Hafen von Bootle, mittlerweile Anbauflächen und mit Storchennestern auf den blauen Kränen. Rechts die Silhouette der Metropole – das Herz Liverpools – die Three Graces: Das Cunard Building, das Royal Liver Building und das Port of Liverpool Building. Drei Gebäude, die zur Kolonialzeit gebaut worden waren, um Liverpools Handelsreichtum zu demonstrieren.

Es brauchte eine Weile, bis ich Oona fand. Ich ging unten am Wasser entlang und sie hob nur stumm ihre Hand, damit ich sie sah.

»Mein Magen knurrt«, sagte ich, als sie in Reichweite war.

»Ich hab Reiswaffeln, wenn du willst.«

Ich setzte mich in den Sand und aß aus Höflichkeit nur die halbe Tüte.

»Ich bin pappsatt jetzt«, sagte ich dann und setzte meine Sonnenbrille auf. Oona reagierte nicht mehr.

Ich zückte ein in Leinen gebundenes Büchlein. Pankaj Juvars neues Buch *Wider die Wellen*. Ohne Bedenken konnte man Pankaj Juvar im Moment als Liverpools bedeutendsten Intellektuellen bezeichnen. Seine Eltern kamen aus Indien und dem Libanon. Er war vor zwei Jahren von London in die Stadt gekommen, damals noch aus Neugier. Dann war der Umbruch gekommen und er hatte bleiben müssen, so wie viele andere Denker auch. Daraus war eine kämpferische Haltung entstanden. Aus der Wahllosigkeit eine Bejahung. Manche hatten sich von Nietzsches *Amor fati* bestätigt gefühlt, der Liebe zum Schicksal, andere hatten sich auf Ansätze stoischer Philosophie berufen. Ich fand das alles sehr interessant, beobachtete den Diskurs aber lieber von außen. Als Literaturkritiker gefiel ich mir in der Rolle als Anhänger einer bestimmten Philosophieströmung ohnehin nicht. Natürlich gehörte zu einer Rezension auch eine Bewertung, aber die bezog sich ja eher darauf, ob ein Buch rein handwerklich gelungen war, wenn man die Literatur denn überhaupt als Handwerk bezeichnen konnte. Ich glaube, manche Literaturwissenschaftler fürchteten, dass ich ihnen das Wasser abgrub, wenn ich Bücher weniger bewertete und eher beschrieb, was darin aus ideologiekritischer Sicht vor sich ging, aber das war mir egal geworden. Ich wollte wissen, was Romane über unsere Zeit aussagten.

Pankaj Juvar war mir sympathisch. Er war einer der wenigen Schriftsteller, der seit Gründung der Föderation nicht radikaler geworden war. Das tat auch seinen Büchern gut. Er mahnte seine Mitdenker oft zu Mäßigung. Sein Ton war immer still und subtil, er schlug nie über die Stränge. Und da mir das gefiel, freute ich mich, wenn ich alle ein, zwei Jahre eine Rezension über ihn schreiben durfte.

Mir war, als suchte die intellektuelle Szene dauernd nach einem geistigen Korrektiv. Eine Rolle, die Pankaj Juvar, meiner Meinung nach, gut hätte abgeben können. Es galt, auf diesen winzigen Fleckchen Erde einen klaren Kopf zu bewahren und nicht verrückt zu werden. Wenn wir den Verstand verloren und uns radikalisierten, dann war es zu Ende mit der Föderation. Dessen war ich mir sicher.

»Wie weit bist du mit deinem Juvar?«

Oona schob ihre Sonnenbrille runter auf die Nasenspitze.

»Zwei Drittel«, sagte ich.

»Wie heute morgen?«

Ich nickte.

»Und bis wann muss die fertig sein?«

»Die Rezension? Morgen Abend. Wie immer.«

»Ach so... Und? Ist gut?«

»Ja«, sagte ich. »Ist gut.«

Man konnte nicht unbedingt sagen, dass ich ein guter Leser war. Alle zwei Jahre verschlang ich einen neuen Juvar und vielleicht noch die Bücher von T.C. Boyle, die posthum erschienen. Aber der Rest forderte meine Disziplin heraus, das allwöchentliche Lesen, für welches ich ja immerhin bezahlt wurde. Kunst war lange bildend, ehe sie schön war. Das hatte schon Goethe gesagt. Kunst war Überforderung und das hatten zumindest in Liverpool alle so angenommen. Nicht, dass Liverpools Kunst undurchsichtig oder verschwurbelt war, aber sie hatte doch zumindest einen doppelten Boden, so schien es mir.

Manchmal träumte ich, während ich las. Ich verlor mich in Gedanken und musste ganze Seiten noch einmal lesen. Auch träumte ich oft neben Oona. Sie dachte, ich würde lesen, dabei hatte ich Tagträume und betrog sie darin von Zeit zu Zeit. Ja, dabei konnte ich nicht einmal sagen, dass wir wirklich ein Paar waren, dass ich sie also betrügen konnte. Ich war nicht gegen sie, es war eher eine Form der Gleichgültigkeit, eine Langeweile, die sich in mir breit gemacht hatte. Mittlerweile war ich in einer Phase, in der ich klar benennen konnte, dass ich für sie erloschen war. Ich küsste sie, ich schlief mit ihr, sogar sehr gern, doch neben ihr hatte ich aufgehört, mich zu verbrauchen, zu verändern, zu wachsen. Es mochte eine Leichtigkeit sein, den Rest meines stillen Lebens mit ihr zu verbringen, in ohnmächtiger Zufriedenheit. Manchmal war es eben einfacher, das zu fühlen, was ich schon kannte. Doch hatte ich auch eine fürchterliche Angst vor der Geborgenheit des Alltags.

Oona zögerte nicht. Sie war glücklich in Liverpool, wollte nicht zurück nach Dublin. Sie liebte ihre Arbeit als Floristin, schien es mir, und darum war sie zu beneiden. Ihre Traurigkeit hatte immer etwas Kindliches und Vorübergehendes.

Darum war mir manchmal, als hatte ich ihr gutes Herz nicht verdient. Ich, der sich wie ein Greis fühlte, wenn er traurig war. Ich wollte nicht, dass sie ihre Lebensfreude an mir verschwendete.

Wieder hatte ich zwei Seiten überlesen. Mir fiel es erst beim Umblättern auf. Möwen kreisten über uns, unter zerrissenen Wolken, die eilig über den Mersey zogen. Ich hielt das Buch vor die Sonne.

Ich wusste nicht, ob Oona schlief oder nur die Augen geschlossen hatte. Ihr Brustkorb hob und senkte sich wieder ab. Wieder und wieder. Ihr Atem war so gleichmäßig, dass ich allmählich glaubte, sie schlief. Sie spreizte nicht mal ihre Zehen. Das tat sie gern, wenn wir im Bett lagen. Es brauchte schon Beherrschung, um diesem Geschöpf nicht zu verfallen.

»Siehst du die Streifen da?«

Ich hatte beim Anblick ihres Körpers nicht mitbekommen, dass sie ihre Augen geöffnet hatte. Sie deutete in den Himmel, auf den Kondensstreifen eines Flugzeugs, das Liverpool überflog.

»Ja«, sagte ich. »Was ist damit?«

»Das Ding reißt eine Narbe in den Himmel.«

»Eine Narbe?«

»Ja«, sagte sie. »Das ist wie eine Narbe am Himmel.«

Ich nahm ihre Hand und küsste sie vorsichtig. Sandkörner

blieben auf meinem Mund kleben. Sie betrachtete mich durch ihre Sonnenbrille. In ihrem Gesicht war etwas dabei, zu zerbrechen. Wir beide schienen auf irgendetwas zu warten. Aufeinander. Vielleicht auf die Zukunft. Ich wusste es nicht.

Hätten wir nicht am Strand gelegen, wir hätten wohl wieder miteinander geschlafen. Das taten wir immer, wenn wir nicht weiter wussten und um Worte verlegen waren. Ich war froh, dass wir es ließen. Wir zwei waren ungebunden. Und doch schien mir, als war das, was Oona und ich teilten, unumkehrbar. Sie war bereit, all meine Illusionen von freier Liebe zu zerschlagen und zwischen uns eine Barrikade zu errichten, die nur sie überwinden konnte. Allein dadurch, dass sie mir auf einmal sagte, dass sie mich liebte.

»Oona... Wieso sagst du das?«, fragte ich leise.

Etwas in mir ließ mich sicher sein, dass sie nicht mich liebte, sondern das Bild, das sie sich vor langer Zeit von mir gemacht hatte. Ja, das war im ersten Moment ein schlimmer Gedanke. Diese unüberwindbare Einsamkeit. Nie ganz verstanden zu werden. Nie ganz gesehen zu werden. Auch ich würde nie jemanden ganz verstehen oder sehen können, auch Oona nicht. Und als ich das sah, dort unten am Strand, war mir in jenem Moment so, als würde ich ganz frei.

THE GREAT BEYOND

Die ersten Partys mochten schon begonnen haben, als ich gegen halb acht mit der Fähre am Pier Head anlegte. Bis zur Vorstellung war noch etwas Zeit. Ich hatte mich wieder von Oona gelöst.

Vor mir thronte das Port of Liverpool Building. Ich stellte mir vor, wie das Abendlicht in den achteckigen Lichthof des Gebäudes, unterhalb der Kuppel fiel. In goldenen Buchstaben stand auf der Empore geschrieben: »*Wieder andere segelten aufs Meer hinaus, um mit ihren Schiffen Handel zu treiben. Dort erlebten sie die Macht des Herrn, auf hoher See wurden sie Zeugen seiner Wunder.*« Die Worte erinnerten an die Vergangenheit, niemand nahm sie mehr ernst oder wörtlich. Niemand von uns Liverpudlians trieb mehr Handel mit den Schiffen und niemand wartete mehr auf Wunder. Viel mehr ging es wohl darum, ohne Wunder nicht zu verzweifeln.

Ich fand es tröstend, dass in dem Gebäude nun ein Gemüsemarkt war. Samen waren so günstig, dass jeder selbst auf seinem Dach anpflanzte und manche verkauften oder tauschten dort dann ihre Erträge. Auch Oona und ich pflanzten Tomaten, Minze und Auberginen an. Einerseits machte es uns zu viel Freude, andererseits waren wir wohl zu gutmütig, um dafür auch nur einen einzigen Scouser zu verlangen. Wir verschenkten es an unsere wenigen Freunde und stellten abends gelegentlich fest, dass uns nichts mehr übrig blieb.

In der Mathew St öffneten zu dieser Zeit die ersten Theater ihre Türen. Der Hopfen und der Efeu, der an den alten Backsteinwänden rankte, wehte im aufkommenden Wind. Das bunte Licht der Clubs flackerte überall, hier und da hingen Windlichter und alte Laternen. Sie klimperten, wenn eine Böe durch die Gasse zog. Die ersten Musiker stimmten ihre Gitarren, machten Soundcheck. Um diese Uhrzeit war die Mathew St eine Sphäre des Wartens und der Erwartung, eine Sphäre des »noch nicht«.

Ich gab dem Duft der Gasse nach und schlang unter Schmerzen noch einen Crêpe hinunter, bevor ich dann, wie immer, beim Klang der zweiten Glocke ins *White Owl Theatre* huschte. Immer noch hing vor der Tür dreimal dasselbe Plakat:

KAJA DAHL   *The Great Beyond*

1. Mai bis 09. Juni, jeden Tag – außer montags – um 20 Uhr

Eine Handvoll Menschen stand im Foyer und trank Sekt. Ich schlich in den Zuschauerraum und drängte mich bis zu meinem Platz hervor. Reihe 3, Platz 4.

Neugier lag in der Luft. Die meisten Gäste hatten das Stück noch nicht gesehen. Ja, sie wussten nicht einmal, wie Kaja überhaupt aussah oder dass sie eine Norwegerin war. Sie waren vielleicht durch Zufall auf die Reklame gestoßen oder ihnen war das Stück empfohlen worden. Vielleicht waren sie auch einfach so hereingeschneit. Auf der Mathew St war das Laufpublikum nicht unerheblich.

Ich fragte mich, wie es wohl war, jemanden zum ersten Mal zu treffen. Ich konnte mich nicht mehr daran erinnern, wie es gewesen war, Kaja das erste Mal zu sehen. Jeden Abend hinterließ sie einen neuen Abdruck in meinem Gedächtnis.

Die Bühne war nicht größer als zwei Doppelbetten, Queen-size, und das Parkett knarrte bei jedem ihrer Schritte. An der Bühnenrückwand hing eine Lichterkette, die das Theater auf hilflose Weise zu einem gemütlichen Ort machen sollte. Der Zuschauerraum war mit einem dunkelgrauen Teppich ausgelegt. Unter der niedrigen Decke und den Lüftungsrohren fanden rund siebzig Leute Platz. Die kamen aber nur zu den Premieren. Die Premiere vor einem Monat war ausverkauft gewesen. Unter der Woche kamen zwanzig oder dreißig, am Wochenende etwa vierzig Leute in Kajas Vorstellung.

Die Glocke schellte zum dritten Mal, Gespräche verstummten. Noch eine halbe Minute, dann fuhr das Licht herunter. Ich hörte ihre Schritte im Dunkeln. Wie sie auf die Bühne trat und sich positionierte. Weitere dreißig Sekunden bis das Licht wieder anging und Kaja allein auf der Bühne stand, in gleißendem Schein, der jedes Mal fast einer Epiphanie glich.

Ich fühlte mich sicher in der Dunkelheit. Die Scheinwerfer zeigten auf sie. Das machte mich zum Unsichtbaren. Sie stand im Licht, also sah sie mich nicht. Sie konnte mich anschauen, aber nicht sehen. Diese Momente waren fesselnd. Wenn ihre Augen auf mir hafteten und ich jedes Mal wieder unsicher wurde, ob sie nicht doch imstande war, diese unsichtbare Barriere zu durchbrechen, die sich zwischen uns auftat, jedes Mal, wenn das Licht anging.

Kaja spielte eine junge Mutter, Holly, die eines nachmittags mit dem Rad aus der Stadt fuhr. Ohne es zu merken fuhr sie ins ehemalige Königreich. Sie landete in Rainford, einem kleinen Dorf nordöstlich von Liverpool, das allerdings außerhalb der Föderation lag.

Bis auf ein paar Komparsen, den Dorfbewohnern, stand Kaja allein auf der Bühne. Sie saß auf dem befestigten Rad, radelte und sprach mit sich selbst, mit den Menschen oder mit der Welt, dem großen Ganzen, dem Kosmos.

Holly bemerkte nicht, dass sie eigentlich gerade mit dem Feind sprach. Die Menschen waren nett zu ihr, also war sie unbedarft genug, um auch nett zu ihnen zu sein. Wie gesagt, sie wusste ja nicht, dass sie die Föderation verlassen hatte.

Vielleicht wäre es ihr auch egal gewesen.

Das Stück bemühte sich um Differenzierung. Die Menschen auf der anderen Seite waren keine Monster. Das Politische galt es zu kritisieren oder gar zu verachten, doch auch im ehemaligen Königreich gab es schlimme Schicksale und warmherzige Menschen. Politik und Mensch mussten getrennt werden, so wie der Künstler vom Werk. Trotzdem war auch das Politische eine Folge des Persönlichen. Kajas Stück führte die These an, dass politische Radikalisierung ein Ausdruck tiefer menschlicher Verletztheit war, von verlorener Würde. Sie war nicht zu rechtfertigen, aber immerhin zu erklären.

The Great Beyond hatte sich für mich als sicheres Stück herausgestellt, um nicht entdeckt zu werden. Das Bühnenbild war ziemlich statisch. Eigentlich stand da nur ein Fahrrad, geschraubt auf eine Sperrholzplatte, damit sie sich daraufsetzen konnte. In ihrem letzten Programm war sie durch den Mittelgang direkt an mir vorbeigelaufen. Ich hatte mich gleich am zweiten Abend umsetzen müssen. Reihe 3, Platz 4. Das war jetzt mein sicherer Unterschlupf.

Anders als manch andere Künstler ließ sie sich vor der Aufführung eigentlich nie blicken. Nur einmal hatte ich sie vor dem Theater mit einem anderen Mann gesehen, noch lange vor ihrer Vorstellung. Die beiden hatten sich an den Fahrradständer gelehnt und zusammen geraucht. Ich hatte über ihr

Unwissen schmunzeln müssen. Ich glaube nämlich, dass sie mich angeschaut hatte, nur ganz beiläufig. Ich weiß nicht, ob das etwas Gutes war. Doch immer, wenn ich jetzt durch die Mathew St ging und am *White Owl* vorbeikam, achtete ich genau darauf, ob sie irgendwo zu sehen war.

Wenn ich abends in ihren Vorstellungen saß, stellte ich mir vor, wie ihre Abende aussahen. Ob sie Rituale oder Marotten hatte, ohne die sie nicht auf die Bühne treten wollte. Ob sie vorher noch aufgeregt war, wo sie das Stück doch sechs Abende die Woche spielte. Für wen sie eigentlich spielte, wenn sie doch eigentlich nur die Füße der ersten Reihe sehen konnte. Ob ihr die Zuschauer in diesem Moment egal waren oder ob sie allein am Volumen des Applauses abschätzen konnte, wie groß die Menge war. Ob sie den Dress, den sie trug, jeden Tag wusch oder mehrere Ausführungen davon besaß. Woran sie wohl dachte, in dieser einen Szene, um weinen zu können. An manchen Tagen spürte ich, dass ihr Weinen nur gespielt war und an manchen Tagen war es echt. Mal hatte sie einen kurzen Atem, mal loderte sie vor Eifer. Sie klang heiser, von Zeit zu Zeit. Und mal setzte sich der norwegische Akzent in ihrer Stimme durch, der ihre Sätze etwas kantiger werden ließ. Ich wusste nicht viel über norwegische Dialekte, eigentlich nichts. Dennoch fragte ich mich, woher sie genau kam.

Ich fragte mich, ob sie sich auf der Bühne sterblich fühlte oder ob sie in diesem Moment eine Erhabene war. Ich fragte mich, welcher Mangel ihrem Drang zugrunde lag, vor Menschen zu treten und zu spielen. Fragte mich, wen sie liebte und welche Aussage es darüber machte, auf welche Weise sie einsam war. Mein Unwissen war groß, doch noch größer war die Welt, die sich in mir auftat, jeden Abend, wenn sie das Parkett betrat. Noch nie war ich einer Fremden so nah gewesen. Noch nie war mir jemand, mit dem ich so viel Zeit verbracht hatte, so fremd gewesen. Ihrem Stück gegenüber war ich erkaltet. Mein abendlicher Gang in die Mathew St war wohl nichts weiter als ein leeres, austauschbares Ritual. Besonders heute war ich es leid, hier zu sitzen. In meinem abgenutzten Sessel, den verblichenen Polstern. Ich wurde unruhig, ahnte Unheil.

Alles war wie immer. Die Luft war nach einer Stunde vollkommen verbraucht. Kaja starrte uns feurig an und doch war ihr Blick anonym. Sie sah uns nicht. Die Zuschauer lachten an den üblichen Stellen, hielten den Atem an, im selben Zyklus wie immer. Dann war da dieser dumpfe Donner von draußen. Kurz wurde es noch stiller, Kaja stockte in ihrem Satz, horchte auf. Für eine Sekunde sah sie so aus, als war sie gerade geküsst worden. Dann fuhr sie fort. Wie eine Schallplatte, die über einen Kratzer sprang.

Hätte ich direkt am Gang gesessen, ich hätte mich gewiss schon auf den Weg gemacht. Hätte mir auf dem Weg nach Hause überlegt, wie ich meine Juvar-Kritik zu beginnen hatte. Wäre hier und dort stehengeblieben, um mir ein paar Stichworte aufzuschreiben. Ich hätte diesen Abend im Grunde schnell zu den Akten gelegt und bis zum Morgengrauen geschrieben. Hätte Oona auf dem Weg zum Schreibtisch einen Kuss auf die Stirn gedrückt. Vermutlich, ohne dass sie es bemerkt hätte. Sie schlief um diese Zeit für gewöhnlich.

Doch heute blieb ich bis zum Ende ihrer Vorstellung. Ihren letzten Blick rüber zum anderen Ufer, über uns alle hinweg, auf diese andere Seite des Merseys, bevor dann das Licht ausging. Der Applaus ließ immer ein paar Sekunden auf sich warten. Dann flutete schließlich der Klang des Beifalls wie eine Welle den niedrigen Raum. Bevor er zu abebben begann, sprang ich auf und drängelte mich zuerst aus der Reihe, dann zum Ausgang.

Ich drehte mich um und schaute zur Bühne. Das Licht blieb aus. Heute keine Verbeugung, kein Dankeschön. Das Geklatsche blieb erwartungsvoll. Was soll's, dachte ich mir, und setzte meinen Weg fort. Aus dem Vorraum drang der dämmrige Schein der Lichterketten. Ich war in Gedanken und sah erst nur zwei Schatten, dann waren es zwei Füße, die meinen Weg nach draußen abschnitten. Eigentlich waren es recht zierliche Füße, doch sie hatten sich so breitbeinig platziert, dass ich annahm, ein Mann hätte sich mir in den Weg gestellt.

Viktorianische Ankle Boots, eine Marlene-Hose und eine blaukarierte Stoffbluse. Ich baute mich künstlich auf, vor der Silhouette, die größer war als ich. Schwache Schatten fielen ins Gesicht. Dunkelblondes, welliges Haar, in der Mitte gescheitelt, es glänzte. Erst jetzt, nach dieser langen Zeit, sah ich, dass ihre Augen nicht dieselbe Farbe hatten. Das eine war grau, das andere grün. Es war, als würde ihr Blick zum ersten Mal wirklich mich meinen. Ihre Augen trafen mich und ich genoss meine Bestürzung. Vor mir stand Kaja. Daran war kein Zweifel.

»Wohin des Weges? Und so schnell?«, fragte sie.

Ich blieb stehen und sagte nichts. Ihr Auftritt hatte mich zum ersten Mal aus der Fassung gebracht. Und zugleich war ich doch ganz ruhig. Ich ging entschlossen und sehenden Auges in mein Unheil. Sie verschränkte vor mir die Arme. Ich roch Parfum und etwas Schweiß. Das Klatschen wurde noch immer nicht müde.

»Nur eine... Frage.« Die Silben plumpsten ihr nur nach und nach aus dem Mund. »Warum?«

Wieder sagte ich nichts. So als würde sie mich dann nicht sehen. Als wäre ich nicht da.

»Nein, nein... Warum?«

Ich zuckte hilflos mit den Schultern und schüttelte verlegen den Kopf.

»Seit drei Monaten schon«, sagte sie. »Jeden Abend.«

Ich nickte stumm, während mir das Blut zu Kopf stieg.

»Oh«, sagte ich nur. »Du hast mich gesehen?«

Sie lachte höhnisch, durchschnitt den Beifall. Allmählich drehten sich die Zuschauer zu uns um.

»Jeden Abend«, sagte sie.

COPPER CAVE

»Einmal, da habe ich mich tot gestellt, nur für eine Mund-zu-Mund-Beatmung. Sie hat mir dann bei der Herz-Rhythmus-Massage eine Rippe gebrochen, da bin ich aufgeflogen«, sagte Arch.

Er lehnte sich so konspirativ über die Tischdecke, als heckten wir ein Attentat aus. Ab und zu schaute er prüfend in sein Glas Screwdriver, dann zurück zu uns, und eröffnete ein neues Thema.

Die Session Band hatte sich unten heiß gespielt und tingelte nun quer durch alle Jazzgenres. Die Gäste an den unteren Tischen wippten mit, manchmal flogen Hüte oder Mützen durch den Raum. Unter der getäfelten Decke hing eine dicke Dunstglocke. Arch, Kaja und ich saßen an einem winzigen Tisch auf einer der Emporen. Die Fenster waren offen und der Schein der Windlichter tanzte hektisch auf der Tischdecke. Ihre Theaterstimmen hatten keine Probleme und parlierten munter umher, nur ich musste mich beim Reden anstrengen, damit sie mich verstanden. Die Atmosphäre in der Copper Cave glich um diese Uhrzeit einem Bienenstock.

Arch Windelehr war ein schmächtiger halber Holländer in sandfarbenem Anzug. Ein ziemlich aufgewühlter Typ, der alle paar Sekunden seine kreisrunde Hornbrille wieder hoch bis zu den Augenbrauen schob. Sein Verhalten war ein Gerüst aus Verlegenheitsgesten und zugleich von starken Überzeugungen geprägt. Seine Koketterie war nicht selbstgefällig und überzogen, sondern ehrlich und unsicher. Durchs blonde Haar fuhr er sich nur im Hadern, nicht im Stolz.

Neben Arch wirkte Kaja schweigsam. Sie bekundete ihm mit einem halben Lächeln, dass sie ihm folgte, aber viel trug sie, ebenso wie ich, nicht zum Gespräch bei. Vielleicht ging sie jeden Abend hierher, ließ sich berauschen, genoss die Bespaßung. Hier und da nippte sie an ihrer Margarita und der Abend zog sanft an ihr vorbei, so wie der angenehme Durchzug in der Copper Cave.

Sie war den ganzen Abend lauthals gewesen, hatte ihr Stück mit schallendem und polterndem Glück enden lassen. Und jetzt, wo sie beinahe unterging in dieser ohrenbetäubenden Kulisse, sah ihr Glück so still und anders aus.

Mein Blick verlor sich im Treiben des Erdgeschosses, das Gedränge, die Musiker. Ich mochte es nicht, dass Arch und Kaja mich dabei anschauten und sahen, dass ich nicht mehr zuhörte. Sie sprachen weiter, doch ihre Mienen hafteten auf mir. Zum Glück hatte sich unser Kellner, ein älterer Herr im Frack, fordernd neben mich gestellt. Er war ziemlich langsam.

»Noch einen Roten?«, fragte er mich.

»Nein«, sagte ich. »Ich steige auf Cognac um.«

Erst blickte er mich entgeistert an. Dann sagte er schulterzuckend: »Das auch gut. Bring ich«, und zog wieder ab.

»Unser Albert...«, sagte Arch. »Der hat schon über den Menschen von 1950 gesagt: *Er fickte und las Zeitung!* Was hat sich also schon groß verändert?«

»Arch, wer liest denn heute noch Zeitung?« Kaja drehte sich zu mir. »Oder Nathan?«

»Nein, nein«, sagte ich. »Ich schreibe für sie, aber Lesen ist nicht meins.«

»Der Literaturkritiker, der nicht gerne liest...«, sagte Kaja.

»Die *Liverpost* ist sicher nicht das schlechteste Blatt«, warf Arch ein und steckte sich eine Zigarette an. »Wen rezensierst du denn so?«

»Zur Zeit den neuen Juvar.«

»Sieh mal einer an!«, jauchzte er. »Der Bursche hat meinen Stil mehr geschliffen als Salinger.«

»Dafür schreibst du aber furchtbar blumig«, merkte Kaja an.

»Das sagt die Richtige.«

»Arch, zu mir kommen Zuschauer in die Vorstellung, sie bezahlen dafür. Dich liest leider niemand.«

»Oh ja...«, murmelte er zwischen Traurigkeit und Spott. »Als Schriftsteller bin ich ein König ohne Land!«

Sie streichelte ihm mitleidig über die Schulter. Er hob sein

Glas und verdrückte es wie ein Kind eine Dosis Hustensaft.

»Du kommst aus Norwegen?«, sagte ich zu Kaja.

»Ja«, antwortete sie.

»Wo in Norwegen?«

Sie sagte einen Moment lang nichts, so als müsse sie darüber nachdenken und eine kluge Antwort wählen. Dann sagte sie: »Stavanger.«

»Achso«, sagte ich, als würde mir die Stadt viel sagen. »Wo ist das?«

»Im Süden. Also, eigentlich unten links. Also... Wenn du von hier mit dem Schiff fährst, dann ist Stavanger die erste Stadt, in der du landest.«

Sie klang komisch dabei. Natürlich zum einen, weil Liverpools Seeanbindung gen Westen, also von Norwegen abgewandt lag. Doch zum anderen auch, weil ihre Formulierung davon ausging, dass eine spontane Seereise nach Stavanger nichts Besonderes, ja, dass sie möglich war. *Wenn du von hier mit dem Schiff fährst...* In den letzten zwei Jahren hatte ich keinen Liverpudlian so reden hören. Nur in bitterer Ironie. Trotz aller Auflehnung hatte sich eine Zurückhaltung in der Sprache der Liverpudlians breit gemacht, die versuchte, nicht in sorgfältig verbundenen Wunden zu stochern. Man musste uns nicht an unser Los erinnern, an keines unserer Schicksale, sie waren allgegenwärtig.

Trotz dieser Gewissheit oder vielleicht auch gerade deshalb fühlte ich mich gerade keineswegs eingeschlossen, sondern ziemlich ungebunden. Ich hätte aufstehen, die Copper Cave verlassen und meine Nacht in einem anderen Kosmos, mit anderen Menschen verbringen können. Diese Freiheit musste für einen Abend reichen, vielleicht sogar für ein ganzes Leben. Aber zum Aufstehen gab es im Moment keinen Grund.

»Besten Dank«, sagte ich, als der alte Herr Cognac brachte.

»*Was* meinen Sie?«, antwortete er verwirrt. Ich winkte dankend ab.

Arch und ich stießen an, nur Kaja und ihre glasigen Augen regten sich nicht. Ich fürchtete, dass Stavanger kein allzu gutes Thema war. Ich kannte die Stadt nicht und doch war es so, als ergab das Wenige, das ich über sie wusste, nun Sinn. Dass Arch von Zeit zu Zeit wie ein Vulkan brodelte, rettete mich wohl davor, etwas sagen zu müssen.

»Amigos! Ihr werdet es nicht glauben. In Toxteth haben die jetzt eine Selbstmitleidsgruppe gegründet. Die ist schlimmer als jede Romantikerselbsthilfe. Ich war da. Könnt ihr euch das vorstellen? Eine Selbstmitleidsgruppe. Geht da nicht hin, Kinder. Geht da nicht hin. Am Ende haben alle gemeinsam über sich geweint.«

»Ach so?«, sagte ich. »Und was hältst du vom Gedankenkarussell?«

Er winkte dem Kellner vergnügt mit seinem leeren Glas zu.

»Unvergleichbar! Das Gedankenkarussell ist quasi eine Weiterentwicklung des Denkerclubs. Ich lehne mich ungern zu weit aus dem Fenster, aber man könnte glatt meinen, mit fremden Individuen zu diskutieren, sei eine gescheite Idee, nicht? Es soll Menschen geben, die haben sich beim Speed-Dating kennengelernt. Wieso sollte nicht also auch beim Gedankenkarussell die ein oder andere gute Idee geboren werden?«

»Ich dachte nur. Manche Ideen brauchen Zeit. Da mögen die zehn Minuten nicht immer reichen.«

»Das finde ich auch«, sagte Kaja. »Der Zeitdruck ist unangenehm beim Gedankenkarussell.«

»Nathan... Kaja... Aber stellt euch doch vor... Eure guten Gedanken verliert ihr doch nicht. Ihr nehmt sie einfach bis zum nächsten Tisch mit. Entwickelt sie dort weiter und nehmt sie wieder mit. Ihr seid wie Bienen, die von Blume zu Blume fliegen und alle mit Gedanken bestäuben!«

Dieser Gedanke schien selbst ihn zu amüsieren. Er legte seinen Kopf beschämt in seine Hand. Kaja lachte wie ein Junge und sogar ich fand mein Grinsen obszön.

Der Abend ging seine Wege. Die Session Band im Erdgeschoss stieg von Buddy Rich auf Miles Davis um. Die Leute redeten anders, wenn die Musik leise war. Ein junger Trompeter mit kurzen blonden Locken platzierte sich in der Mitte der Bühne und wartete auf seinen Einsatz. Er wischte sich schon jetzt den Schweiß aus dem Gesicht.

Auch die Gesichter von Kaja und Arch schimmerten feucht. Besonders Arch schien zu glühen, seine Wangen waren rot. Kaja hatte ihre Bluse aufgeknöpft und fächelte sich mit dem offenen Ende der Knopfleiste Luft zu. Auch ich ärgerte mich ein wenig, Cognac bestellt zu haben. Immerhin vermachte Kaja mir die verbliebenen Eiswürfel ihrer letzten Margarita.

Etwas später sagte ich ihr, dass ich großen Respekt vor Menschen hätte, die auf einer Bühne stehen. Sie belächelte mich. Sagte, dass ich das ja auch täte. Immerhin seien wir im Leben alle Schauspieler und wüssten halt nur nicht, welches Stück gerade gespielt wird.

»Aber immerhin kannst du dir deine Rolle aussuchen«, sagte sie dann.

»Und für welche Rolle hast du dich entschieden?«, fragte Arch.

»Weiß nicht. Vielleicht bin ich ja das Streichholz im dunklen Universum.«

»Sieh mal einer an. Eine echte Liverpudlianerin«, grinste er und drückte seine Zigarette aus. Er schob seinen Stuhl zurück und stand vom Tisch auf. »Entschuldigt mich. Ich bin gleich wieder da.«

Kaja schaute mich gelassen an, doch ich konnte ihrem Blick, dem Grün und Blau, nicht standhalten. Ihr Auftreten hatte etwas Unverbindliches an sich und doch schien sie wirklich mich zu meinen, wenn sie mich anschaute. Fremd zu sein hieß auch frei zu sein.

Ich hatte geglaubt, es würde sie nicht mehr interessieren, warum ich in ihrer Vorstellung gewesen war. Ich hatte angenommen, dass sie es vergessen hatte oder es ihr schlicht egal geworden war. Aber jetzt wendete sich das Blatt. Es war kein Verhör. Es war ihre schiere Neugier. Sie lehnte sich zu mir herüber, rückte mir auf die Pelle und mir fehlte der Mut, die Stellung zu halten. Ich wich ein gutes Stück nach hinten.

»Also... Warst du zuerst für die *Liverpost* in meinem Stück?«

»Ja, genau«, sagte ich. »Ich habe aber keinen Auftraggeber. Ich habe es mir schon selbst ausgesucht. Dein Stück klang irgendwie interessant.«

Ich versuchte, langsam zu sprechen. Ich wollte nicht, dass sie dachte, ich sei mit meinen Worten unbeschwert. Mir war es aus irgendeinem Grund eine ernste Sache.

»Und... Wieso bist du wiedergekommen?«

»Ich weiß nicht«, antwortete ich. »Findest du das komisch? Ist das für dich ein Widerspruch?«

»Ich weiß nicht«, sagte sie.

»Wenn ja, dann musste er wohl gelebt werden. Widersprüche müssen gelebt werden, weißt du?«

»Aber... Was ich nicht verstehe... Wieso ich? Machst du so etwas öfter?«

Ihr Gesicht sah sanft und traurig aus. Es war das Gesicht eines Kindes, das zum ersten Mal die Sinnlosigkeit der Welt sah. Und auch, wenn ich der Begründer dieser Sinnlosigkeit war, der Erstbeweger und Gott einer schemenhaften Ungerechtigkeit, konnte auch ich die Sinnlosigkeit nicht auflösen. Auch ich war aus dem Paradies vertrieben worden. Ich legte nur meine Hand auf ihre zierliche Schulter. Betastete das Unantastbare. Der Stoff war fein und meine Hand unsicher.

»Sag mal, willst du mir nicht lieber etwas Norwegisch beibringen?«, sagte ich. Arch ging gerade die Wendeltreppe wieder hinauf.

»Du er merkelig«, sagte Kaja.

Arch marschierte stolz auf uns zu und lehnte sich dann, alle Finger gespreizt, auf den Tisch.

»Ach du liebe Schaluppe! Ihr werdet es nicht glauben. Nathan, du wirst nicht glauben, wer da unten an der Bar steht und gerade Scotch bestellt hat.«

»Ein Schotte?«, antwortete Kaja spöttisch.

»Ach was. Viel besser! Die Leute stehen wie die Zwerghühner um ihn herum.«

»Jesus?«

Ich lehnte mich über das Geländer der Empore. Unten herrschte Gedränge, tatsächlich hatte sich ein Schwarm um die Theke gebildet. In der Mitte stand ein Mann in grauem Tweedsakko. Es war Pankaj Juvar.

»Was hab ich gesagt?«, glänzte der halbe Holländer.

»Mächtiger Zeus...«, murmelte ich und hob mein Glas, um auf den Zufall anzustoßen.

»Du wirst dich nicht wegkegeln!«, protestierte Arch. »Ich habe mit ihm gesprochen.«

»Mit Pankaj?«

»Ja. Und er kommt gleich hoch. Ich hab ihm gesagt, dass du eine Rezension über ihn schreibst. Du kannst mit ihm sprechen. Er war sehr höflich.«

»Nein, Arch. Das stimmt nicht ganz. Ich schreibe keine Rezension über Juvar. Aus dem einfachen Grund... Ich meine, weil ich hier sitze. Ich würde die Besprechung normalerweise jetzt schreiben. Morgen ist Redaktionsschluss. Ich hab aber noch nichts geschrieben. Ich hab nicht mal sein Buch zu Ende gelesen, um genau zu sein. Es ist unmöglich.«

»Morbleu!« Arch spottete mit großer Geste. »Aber reden musst du trotzdem mit ihm.«

»Da hat der liebe Arch wohl Recht«, warf Kaja ein.

Ich schaute beide abwechselnd an. Kaja wippte rastlos auf ihrem Stuhl hin und her. »Na los!«

Als sie das sagte, kam der Schriftsteller sicheren Schrittes die Spindeltreppe empor gestiefelt. Er war allein. Ich stand auf, schlenderte auf ihn zu und streckte ihm meine Hand entgegen, so als hatte ich den ganzen Abend auf ihn gewartet. Sein Händedruck war angenehm und behutsam. Hinter einer breit gerahmten Brille schauten zwei wohlmeinende Augen hervor, hinter dem dunklen Bart das Lächeln eines Gentlemans. Sein Mittelscheitel war das Einzige, das Ordnung in seine mattschwarze Mähne brachte.

»Mr. Juvar.«

»Sie müssen mich entschuldigen. Wie war nochmal Ihr Name?«

Wie höflich. Pankaj Juvar tat so, als hatte er meinen Namen je gekannt.

»Nathan Yeaden«, sagte ich.

»Nathan Yeaden«, lächelte er.

»So ist es.«

»Nun. Ihr Kollege, Mister Windelair. Er...«

»...ja, Arch Windelehr...«

»Ja, Mister Windelehr. Er sagte, Sie schreiben für die *Liverpost*? Wie Sie wissen, schreibe auch ich dort gelegens Kolumnen. Sie hatten Fragen an mich?«

»So ist es. Ja. Also, nein. Nicht wirklich. Ich schreibe eine Rezension. Mehr nicht.«

»Ich hoffe doch, Sie verreißen mich nicht?«

»Nein, sicher nicht. Mir gefällt Ihr neues Buch. Ja, sehr.«

Eine profane Antwort, wenn man meinen Beruf bedachte, der im Grunde daraus bestand, literarische Werke sorgfältig auseinander zu nehmen. Aber ich fühlte mich einfach wie ein Kind auf Santas Schoß.

Er sagte: »Well, dankeschön«, und nickte mir zu.

Pankaj hatte einen leichten Akzent. Er war in Uttar Pradesh, in der nordindischen Provinz aufgewachsen und erst sehr spät auf die Insel gekommen. Sein englischer Wortschatz war dafür bemerkenswert. In der Sprache und Wortwahl überstieg er die meisten Liverpudlians. Außerdem war er ein Kenner der britischen und kolonialen Geschichte. In seinen Essays hatte er die Moderne als Auslaufmodell und den Fortschritt als Ersatz für Gott bezeichnet, mit dem Digitalen als neue Metaphysik.

Wenn es neue politische Entwicklungen gab, wollte mittlerweile ein jedweder hören, was Juvar dazu zu sagen hatte. Die ganze Liverpooler Gesellschaft erwartete, dass er stets die richtigen Worte fand. Dabei kommentierte er die Tagespolitik nur spärlich und wohl auch sehr ungern.

Pankaj Juvar war ein ruhender Pol. Doch mit dieser Ruhe, dieser geistigen Unbeirrbarkeit, ging auch das einher, was mit vielen intellektuellen Köpfen geschah: Sie liebten den Menschen, aber niemals die Menschheit, und so wandten sie sich von ihr ab und suchten die Einsamkeit.

Ich beschaute ihn noch einen Moment und stellte mir einen kleinen Jungen vor, auf den Straßen von Balrampur. Pankaj ließ sich meine Blicke mit großer Duldsamkeit gefallen und gab nun mir die Hand.

»Well then... Machen Sie es gut, Mr. Yeaden.« Er verneigte sich.

»Danke, dass ich Ihre Zeit verschwenden durfte. Es freut mich jedenfalls, dass ihre Bücher in der Föderation... Nun, sagen wir... Dass sie so viel Anklang finden. Wir alle lesen Sie, das wissen Sie, denke ich. Und Sie haben es verdient«, sagte ich.

»Well... Es besorgt mich ein wenig, dass Sie mich alle lesen.«

»Wieso das?«

Er schmunzelte. »Gute Kunst ist, selbst in einer gebildeten Gesellschaft, niemals mehrheitsfähig.«

DER MERSEY

Immer wenn sich das Wetter wandelte, taten meine Narben weh. Es gab drei Narben auf meinem Bauch, die wie der Oriongürtel angeordnet waren. Über uns hatte sich der Nachthimmel ausgebreitet. Den Oriongürtel sah ich nicht. Ich wusste nicht, ob der trübe Schleier über uns die Milchstraße war oder doch nur eine blasse Wolke. In der Stadt brannte kein Licht mehr, nur der Hafen von Bootle und die Uhr des Royal Liver Buildings. Die Uhr zeigte halb eins. Es war kalt und roch verbrannt.

Arch Windelehr setzte sich zu uns auf die Bank. Er setzte sich so, als gehörte er nicht zu uns. Als gehörten Kaja und ich zusammen, als war er nur ein zugelaufener Junggeselle.

»Ich bin die ganze Fähre abgelaufen«, meinte Arch. »Ihr müsst aufs obere Deck kommen. Da ist Wolf Ashbergh.«

Ich fragte ihn, wer das war. Arch zeigte auf einen Mann in den Sechzigern mit einem Wolfsschädel auf dem Kopf. Er hatte sich Motoröl ins Gesicht geschmiert, eine Art Kriegsbemalung, und spielte mit geschlossenen Augen auf einer Shakuhachi, einer asiatischen Flöte. Ein Dutzend Bewunderer saß um ihn herum und lauschte.

»Früher war Wolf mal Arzt«, flüsterte Arch. »In einer infirmary in Anfield. Dort hat er sich infiziert und lange in einem fiebrigen Koma gelebt, das sagen zumindest die Leute. Wie er sich angesteckt hat, das weiß aber niemand. Eine alte Krankenschwester behauptet, gesehen zu haben, wie er von der Schlange eines Patienten gebissen wurde.«

»Von einer Schlange? Im Krankenhaus?«

»Ja, und andere wiederum sagen, dass ihm ein Fisch geschenkt wurde, auch von einem Patienten. Und als er ihn verspeist hat, da war es vorbei mit der Zurechnungsfähigkeit.«

»So, so«, sagte Kaja. »Eine geistige Fischvergiftung?«

Arch zuckte mit den Schultern. »Mittlerweile lebt er in einer kleinen Hütte in dem Waldstück zwischen Little Neston und Burton. Mit seinem Skorpion und seiner Schlange.«

Kaja zuckte zusammen. Sie fror, glaube ich, wie wir alle. Wir nüchterten langsam aus.

Wolfs Stimme war von so tiefer Frequenz, dass sie, wie das Brummen der Fährmotoren, durch unsere Körper floss. Auch manche der Zuhörer hatten, so wie er, die Augen verschlossen. Junge Pärchen mit Kindern, eher gesetzte Leute.

»Im Osten klingt die Leier des Hermes. Jener helle Stern, die Vega...«, sagte er. »Bläulich seht ihr sie schimmern. In ihrer Nachbarschaft wohnen vier kleine Sterne, angeordnet wie ein verzogenes Quadrat.«

Er setzte eine Pause.

»Orpheus hat die Leier mit in den Hades genommen, um nach seiner Frau Eurydike zu suchen. Es glückte, mit den Klängen der Leier die Wächter der Unterwelt zu betören.«

»Sie ließen sie also gehen?", fragte eine junge Frau mit Mütze.

»Ein frommer Wunsch...«, stimmte er an. »Als sie den Hades verließen, durften sich Orpheus und Eurydike nicht umdrehen. Doch im letzten Moment warf Orpheus einen Blick zurück. Und so war Eurydikes Seele auf immer verloren.«

»Und was war mit der Leier?«

Er brummte tief. »Wieso fragt ihr, wo sie ist, wenn ihr sie doch am Himmel seht?«

Die Anderen schauten wieder in die Sterne. Dann fing er an, vom nemeischen Löwen zu erzählen, der ganze Städte verwüstete. Schließlich gingen Wolf Ashberghs Erzählungen in ein unverständliches Singen über.

Ich war bedrückt und wollte allein sein. Ich stand auf und stellte mich an die Reling, klammerte meine Finger um das kalte Holzprofil. Ich hoffte diesmal nicht, dass Kaja mir folgte.

Ich wollte bei ihnen sein, den Menschen. Doch in jener Dunkelheit sah ich auch, wie mich das Licht blendete, in dem sie lebten. Es gab keine endgültige Rettung aus der Einsamkeit. Im Grunde war der Mensch sein eigener Zweck, er war ein Waisenkind. Ein grenzenlos freies Waisenkind, das in einer schweigenden Welt lebte. Doch in seiner Einsamkeit war der Mensch nicht allein. Alle Menschen teilten Weg und Ziel, waren glimmende Streichhölzer im dunklen Universum. Verurteilt zum Leben, verurteilt zum Jetzt. In jenem Moment sehnte ich mich nach einem stillen Leben im Maß, einem warmen Bett, einem Du.

Hier draußen musste ich daran denken, dass ich gern zur See gefahren wäre. Ich wäre gern der Weltflüchtige gewesen, hätte mich gern allem entzogen. Den inneren Kerkern, der Angst und dem Glück, für ein absurdes Leben in Gleichgültigkeit. Ich hätte vielleicht, an Abenden wie diesen, vom Deck raus aufs Meer, hoch in den Himmel gestarrt und mir nichts gedacht. Im Frieden mit den Gezeiten, stumm im Herzen, blind atmend in tiefer Nacht.

Ich drehte mich um. Arch redete noch immer, mit gesenktem Kopf, und die Norwegerin schaute mich an. Sie legte ihre Hand auf seine Schulter, stand auf und stellte sich neben mich. Sie tippte mit einem Finger, ich hörte einen ihrer Ringe auf dem Holz.

Wir schauten uns nicht mehr an. Nicht mal mehr, als die Kometen auf Liverpool herab sausten. Ein gleißender, donnernder Regen und eine Kette aus Schiffen am Horizont. Einschläge der Artillerie, die mich jedes Mal erzittern ließen.

Wir schauten nach rechts und links, zum Hafen in Bootle und auf die Wirral-Halbinsel, wie zwei Schwärmer auf ein Feuerwerk. Getragen von der düsteren Klarheit, Schulter an Schulter und nicht allein gehen zu müssen.

Es war Kajas letzter Auftritt. Im Scheinwerferlicht der zornigen Geschosse. Sie hatte den Text vergessen. Ich kannte meine Rolle nicht. Das Publikum war gegangen.

Am Rande der Föderation waren Gewehrsalven zu hören. Die Widerständigen von uns gingen in Stellung, traten mit unbestechlichem Eifer einen aussichtslosen Krieg an. Lange hatte das Geld den Sinn ersetzt, nun war es wieder der Tod. In ihnen hatte sich vor langem ein höhnisches Trotzdem formuliert. Doch wozu war das Kämpfen gut? Die Freiheit war nicht zu verteidigen, sie musste gelebt werden.

In dieser Nacht brach die Gewalt mit kaltem Atem in das Leben der Liverpudlians herein und vertrieb sie aus der Eudämonie. Das Universum zuckte, friedlich und vertraut, mit den Schultern.

Was in mir, nach einem langen Tag, wuchs, war Erleichterung. Ich war müde geworden. Für morgen gab es keine Rezension zu schreiben. Wir hockten auf einer alten Fähre, an einem klaren Juniabend, mitten auf dem Mersey. Und der Fluss, er floss schließlich ins Meer.